BAKUGAN
BATTLE BRAWLERS

LA BATAILLE COMMENCE

TRACY WEST

TEXTE FRANÇAIS DU GROUPE SYNTAGME INC.

Éditions
SCHOLASTIC

CATALOGAGE AVANT PUBLICATION DE BIBLIOTHÈQUE ET ARCHIVES CANADA

WEST, TRACEY, 1965-

LA BATAILLE COMMENCE / ADAPTATION, TRACEY WEST ;
TEXTE FRANÇAIS, GROUPE SYNTAGME INC.

(BAKUGAN BATTLE BRAWLERS ; NO 1)
TRADUCTION DE: THE BATTLE BRAWLERS.
D'APRÈS LA SÉRIE TÉLÉVISÉE BAKUGAN BATTLE BRAWLERS.

ENFANTS DE 9 À 12 ANS.

SUPPLÉMENT: GUIDE OFFICIEL.

ISBN 978-0-545-98237-5

I. TITRE. II. TITRE: BAKUGAN BATORU BURORAZU (ÉMISSION DE TÉLÉVISION).

PZ23.W459BA 2009   JC813'.54   C2009-902669-4

ÉDITION PUBLIÉE PAR LES ÉDITIONS SCHOLASTIC,
604 RUE KING OUEST, TORONTO (ONTARIO) M5V 1E1.

5 4 3 2 1   IMPRIMÉ AU CANADA   09 10 11 12 13

CONCEPTION GRAPHIQUE DE HENRY NG

CHAPITRE 1

C'EST L'HEURE DU COMBAT!

Ce jour-là, quand Dan Kuso rentre de l'école, il claque la porte derrière lui et monte dans sa chambre en courant.

– Salut maman, je suis rentré!

Sa mère est assise sur le plancher du salon, toute tordue, comme un bretzel, devant un DVD de yoga qui joue à la télé.

– Daniel, j'ai mis ton goûter au frigo. Et je t'en prie, n'oublie pas de ramasser un peu, lui crie-t-elle.

– Merci maman! répond Daniel.

Daniel lance son sac à dos sur le lit et ouvre le premier tiroir de sa commode. Il en sort une petite boîte blanche qu'il ouvre en souriant.

– OK, c'est l'heure de faire le plein.

La boîte est remplie de petites balles rouge et or, chacune de la taille d'une grosse noix.

– Humm, voyons voir. Je vais prendre celle-ci, dit-il en choisissant l'une des balles. Ah, mon Saurus. Ah ouais, et celles-là aussi, c'est sûr! Ouais, ça y est!

Dan glisse les trois balles dans sa poche et se rue dans l'escalier.

– Daniel! Ton goûter est prêt et il va refroidir! lui dit sa mère lorsqu'il passe à côté d'elle à toute vitesse.

– Ça, c'est sûr, si tu l'as mis au frigo, dit Dan à la blague.

– Ne fais pas le malin avec moi, jeune homme, le sermonne sa mère.

Daniel se précipite dehors. Son goûter peut attendre.

Son combat de Bakugan est plus important!

La chevelure brune de Dan flotte derrière lui tandis qu'il dévale la rue. Ses vêtements – un pantalon rouge, un t-shirt jaune et une veste rouge – sont aux couleurs de son Bakugan.

Encore parfois, Dan n'arrive pas à croire que les Bakugan existent vraiment. Auparavant, dans sa vie, tout était normal. Puis, soudainement, tout a changé. Une pluie de cartes s'est mise à tomber du ciel. Au début, personne ne savait d'où elles provenaient ni même qui les envoyait. Des enfants de partout dans le monde ont commencé à jouer avec les cartes et ont inventé un nouveau jeu vraiment génial qu'ils ont appelé Bakugan.

C'est à ce moment-là que le pouvoir des cartes s'est révélé. Chacune contient sa propre bête de combat, qui se matérialise dès qu'on lance la carte. Les combats sont intenses, et des enfants ont créé des sites Web pour échanger des statistiques de combat et des trucs pour utiliser leurs Bakugan. Grâce aux Bakugan, Dan s'est fait beaucoup de nouveaux amis.

Mais le combattant Bakugan qui l'attend au parc ne fait pas partie de ses amis. C'est Akira, un garçon de l'école vraiment casse-pieds. Il a convié Dan à un combat, et Dan est impatient de le battre.

Akira l'attend près d'un banc public. Il est petit et il a des dents de lapin et des taches de rousseur sur le nez. Il a un chandail vert et porte sa casquette à l'envers. Mais il n'est pas seul. Une personne imposante – très imposante – est assise sur le banc derrière lui.

– Désolé pour le retard, dit Dan en descendant de son vélo.

Akira ricane et lance :

– Eh bien, je commençais à croire que tu allais te défiler!

– N'y compte pas, Akira, répond Dan. Qui as-tu emmené avec toi? J'espère que c'est du renfort, parce qu'il t'en faudra!

– Non, Dan. Le combat n'est pas contre moi, répond Akira, un sourire en coin.

La personne qui était assise sur le banc se lève. C'est un enfant, mais il est vraiment grand et vraiment imposant.

– Ah! dit Dan en comprenant qu'il vient de se faire avoir. Dis donc, tu n'as rien de plus petit?

L'acolyte d'Akira prend la parole.

– Mon petit frère dit que tu es plutôt doué. Moi, je dis qu'il est temps de découvrir si tu l'es vraiment.

– Ouais, je suis plutôt doué, dit Dan, avec une pointe de défi dans la voix. Mais si on parlait de toi… Qu'est-ce que tu sais faire?

– Je m'appelle Shuji et je suis le maître de l'espace Subterra! se vante Shuji.

Dan est sous le choc. Il sait que les Bakugan peuvent

provenir de six planètes et qu'ils appartiennent à diverses catégories, mais cette découverte est très récente. Il ne connaît pas encore toutes les planètes ni toutes les catégories.

— C'est quoi cette plaisanterie? Je n'ai jamais entendu parlé de Subterra avant! gémit-il en secouant la tête. *Ah, génial! Comment est-ce que je peux combattre un monstre qu'il vient peut-être d'inventer?*

— Dis donc, tu te décides? s'écrie Shuji, impatient.

Dan inspire profondément. Son plan se dessine.

— D'accord, je suis prêt! Mais il faut que je te prévienne que je n'ai perdu aucun combat auparavant, réplique-t-il.

— C'est parti! déclare Akira.

Le parc a la forme d'un cercle entouré d'arbres. Dan et Shuji sont face à face au bord du cercle et tiennent chacun une carte Portail. Sur les cartes noires figurent les symboles des six planètes des Bakugan.

— Bakugan, Domaine, ouvre-toi! crient-ils en même temps.

Ils tiennent leurs cartes, prêts à les lancer, et le temps semble suspendu. Dans l'espace qui entoure le cercle, tout se fige. Même les oiseaux s'immobilisent en plein vol. Plus rien ne bougera jusqu'à la fin du combat.

— Carte Portail, position! crient ensuite les garçons.

Ils lancent tous deux leur carte dans le cercle. Pendant que les cartes fendent l'air, les symboles colorés des planètes commencent à scintiller. Les cartes tourbillonnent, et l'espace et le temps autour d'elles s'immobilisent. Les cartes atterrissent dans le cercle, côte à côte, pour créer un terrain rectangulaire devant Dan et Shuji. Tout est prêt pour le combat.

– Prépare-toi, parce que j'arrive! s'écrie Shuji.

Il prend une balle Bakugan brun et jaune et la lance sur le terrain.

La balle roule et s'arrête sur la carte que Shuji a lancée.

– Bakugan, transformation!

La créature Bakugan surgit de la balle, comme par magie. Elle prend lentement forme et devient de plus en plus grosse à chaque seconde qui s'écoule.

– Ouah, impressionnant! s'exclame Dan.

La créature ressemble à une mante religieuse avec de gros yeux globuleux jaunes et des dents coupantes comme des lames de rasoir. L'insecte géant pose sa grosse patte poilue juste devant Dan, qui fait un pas en arrière et ouvre rapidement le Baku-pod qu'il porte au poignet.

– Bienvenue, Dan, dit l'ordinateur. Adversaire : Subterra Mantris. Niveau de puissance : 270 G. Aucune autre donnée disponible.

– Ah, génial, murmure Dan, inquiet.

Avec ses 270 G, le Bakugan de son adversaire est plutôt puissant. Dans un combat de Bakugan, la créature qui gagne est celle qui a la plus grande puissance G.

OK. « Terra », c'est l'élément Terre, et sa puissance est à 270. Ça me donne une idée du genre de bête à laquelle j'ai affaire. La question est de savoir avec quoi je devrais contre-attaquer.

Il fait rapidement son choix. Il sourit et lance l'une de ses balles rouge et or sur le terrain. La balle s'arrête sur la même carte que le Mantris de Shuji.

– Regarde bien ta bestiole se faire écraser! déclare Dan, confiant. Bakugan, transformation!

La balle s'ouvre, dévoilant la créature qu'elle renfermait. Un énorme serpent au corps rouge et or en surgit. Dans sa gueule, on peut apercevoir des crocs meurtriers.

– Niveau de puissance : 320 G, annonce le Baku-pod.

Dan et Shuji se regardent fixement. Leurs Bakugan se tiennent sur la même carte.

– Bakugan, au combat! hurlent-ils en même temps.

CHAPITRE 2

PRIS AU PIÈGE PAR
UN MUR DE FEU!

Dan est sûr de lui. Son Bakugan est plus puissant. Son Serpenoïde glisse jusqu'au Mantris et s'enroule autour du corps du gros insecte.

– Parfait! s'exclame Dan.

Mais Shuji sourit, l'air arrogant.

– Carte Portail, ouvre-toi maintenant! crie-t-il.

La carte se retourne, ce qui permet aux adversaires de voir les points Holo-Sector. Le terrain se transforme en plaine sablonneuse et des pyramides apparaissent à l'horizon. Dan pousse un cri étouffé quand il constate que la carte accorde à toutes les créatures de Subterra 150 points de puissance G de plus.

– Niveau de puissance haussé à 420 G, confirme le Bakupod.

Le Mantris est maintenant plus puissant que le Serpenoïde. Il se libère de l'étreinte du serpent et lui donne de grands coups avec ses pattes acérées. Le Serpenoïde reprend sa petite taille et réintègre sa balle Bakugan.

– Ça, c'est pas bon, dit Dan tandis que sa balle roule hors

du terrain.

– Voilà tu es fait! s'exclame Shuji.

Son Bakugan se transforme en balle et rebondit dans sa main. Comme il a gagné le combat, Shuji récupère la carte Portail de Dan.

– Premier combat terminé. Victoire de Subterra Mantris, déclare le Baku-pod.

Shuji s'esclaffe :

– Oh, bon sang! Mais c'était trop facile! Tu t'es écroulé plus vite qu'un château de cartes dans une tornade!

Mais Dan ne se laisse pas décourager par cette remarque. Un combat de Bakugan prend fin seulement quand toutes les créatures de l'un des deux joueurs se sont fait éliminer. Dan a encore deux Bakugan.

Shuji s'empare d'une balle brun et orange.

– Laisse-moi finir ce que j'ai commencé! dit-il. Bakugan, transformation!

La balle atterrit sur la seule carte Portail qui restait sur le terrain. Le Bakugan s'ouvre et se transforme en une énorme créature brun et orange qui ressemble à un coléoptère. La bête a une carapace et de longues pinces tranchantes. Sur sa tête plate, on peut voir briller deux yeux bleus sans pupille. Sa gueule est remplie de dents bien pointues.

La créature est très impressionnante, mais Dan ne perd pas son sang-froid.

– Tu te crois le plus fort, pas vrai? dit-il. Mais tu ferais mieux de te taire, Shuji, parce que tu vas perdre!

Dan s'empare d'une autre balle rouge et or.

– Bakugan, au combat! crie-t-il.

Il lance la balle sur le terrain. Son tir est parfait. La balle atterrit juste devant la créature de Subterra de Shuji.

– Bakugan, transformation! s'écrie Dan.

La balle s'ouvre, et un éclair rouge s'en échappe. On voit alors apparaître un Pyrus de la catégorie des Falconeer. Son corps est celui d'un homme, mais il a une tête d'aigle et de grandes ailes rouges. Ses doigts et ses orteils se terminent par des griffes acérées. Il prend son envol au-dessus du terrain.

– Carte Portail, ouvre-toi!

La carte Portail se retourne et le champ de bataille devient instantanément couvert de flammes éblouissantes. Cette carte fait augmenter la puissance de la créature de Dan. Shuji pousse un cri de terreur quand le Falconeer s'abat sur le coléoptère géant et l'écrase. L'insecte reprend sa forme de balle et roule jusqu'aux pieds de Shuji.

– Oh! s'exclame Shuji, déstabilisé.

– Ha! Ha! Cette fois, c'est l'égalité! rigole Dan.

Shuji bougonne.

– Pas pour longtemps…, crie-t-il.

Il lance une nouvelle carte en disant :

– Carte Portail, position!

– Début de la 3e manche, annonce le Baku-pod.

Dan regarde les points. Jusqu'à présent, Shuji a accumulé 400 points Holo-Sector, tandis que Dan n'en a que 200. Il doit s'emparer d'une carte Portail qui contient plus de points HSP s'il veut vaincre Shuji. Mais il sait qu'il peut y arriver.

Les deux garçons lancent leur Bakugan en même temps.

– Bakugan, transformation! hurlent-ils.

Les deux balles atterrissent sur la carte Portail. La bête de Shuji ressemble à un énorme rhinocéros brun et or protégé par une armure. Il a une imposante corne sur le nez, et quatre autres cornes sur la tête. C'est un Subterra de la catégorie Saurus, un Bakugan réputé pour son style de combat robuste.

Dan utilise lui aussi un Saurus, mais le sien a les attributs de Pyrus, associés au feu. Il ressemble au Saurus de Shuji, sauf qu'il est rouge et or.

Les deux Saurus s'empoignent avec leurs gros bras musclés et commencent à lutter pour tenter de prendre le contrôle du terrain. Le Saurus de Shuji a une puissance de 320 G, mais celui de Dan n'en a que 200. S'il ne trouve pas une façon d'accroître la puissance G de son Bakugan, Dan perdra cette bataille.

Mais Dan n'a pas dit son dernier mot.

– Maîtrise activée! Saurus, flamboie! crie-t-il en lançant sa carte.

Shuji est pris de panique quand il voit que la carte Maîtrise rend le Saurus de Dan plus puissant. La créature écarlate renverse le Saurus de Shuji d'un formidable coup de poing. La créature de Shuji se réfugie dans sa balle.

– Non! Non! Qu'est-ce qui vient de se passer? se lamente Shuji.

Dan récupère sa balle Bakugan et arbore un large sourire.

– Désolé de te le dire, mon vieux, mais j'ai peur qu'il ne te reste que Subterra Mantris. Si je ne me trompe pas, la moindre petite bagarre pourrait t'envoyer à la ferraille pour de bon.

Shuji grogne de colère et lance une autre carte.

– Eh bien, c'est ce qu'on verra, minus! Carte Portail, position!

Shuji lance son Mantris et crie :

– Bakugan, au combat!

Dan lance son Falconeer en répliquant :

– Bakugan, au combat!

– Maintenant, je vais jouer *ma* carte Maîtrise, déclare Shuji.

Il lance une carte sur le terrain. Tout à coup, les pattes avant et les pinces du Mantris commencent à scintiller.

– Découpeuse!

– Oh, tu m'impressionnes! ricane Dan. Mais si tu t'imagines que tu es le seul à posséder un as, tu as tort! Attention, ça va chauffer. Carte Maîtrise Mur de feu!

Dan lance une carte, et un grand anneau de feu surgit du sol et entoure son Falconeer. Une boule de feu se forme dans la pince de la créature, qui la projette vers le Mantris. Le Subterra de Shuji reprend sa forme de balle. Dan remporte les cartes qui se trouvent sur leur terrain, ainsi que tous les points HSP. Il a maintenant 1 300 points.

– Vainqueur ultime : Dan! annonce le Baku-pod.

Dan est tout sourire. Il s'exclame :

– On dirait bien que j'ai gagné, Shuji!

CHAPITRE 3
INCURSION DANS
UN UNIVERS PARALLÈLE

Ce soir-là, Dan raconte son dernier combat à ses amis sur le Net. Même s'ils vivent un peu partout dans le monde, ils peuvent discuter et se voir parce qu'ils ont tous une webcam sur leur ordinateur.

Dan discute avec ses quatre meilleurs amis à l'écran. En haut, à gauche, se trouve Runo, une fille de l'âge de Dan. Elle a les yeux verts et des cheveux bleus qu'elle coiffe en deux couettes. À côté d'elle se trouve Marucho, un garçon aux cheveux blonds portant des lunettes. Marucho n'a que 11 ans, il est donc, de loin, le plus jeune et le plus petit des combattants, mais c'est aussi celui qui en connait le plus sur les Bakugan.

En bas, à gauche de l'écran de Dan, se trouve Alice, une fille aux cheveux rouges. Ses yeux bruns lui donnent un air rêveur. Enfin, il y a Julie, une jeune fille aux cheveux argentés qui a toujours le sourire aux lèvres.

Dan se laisse tomber sur sa chaise, puis se met à raconter ses exploits.

– Et c'est à ce moment-là que j'ai sorti mon arme secrète, le mur de feu, dit Dan à ses amis. Bon sang, il fallait voir ça, les amis! Je n'ai jamais été aussi génial! Mais rien d'étonnant. Il a tout de même eu affaire au meilleur combattant Bakugan!

– N'importe quoi! s'exclame Runo, un peu exaspérée. J'ai vérifié le classement mondial et tu n'es que 121e!

– Non! Tu te moques de moi, Runo, laisse échapper Dan. Attends que je vérifie moi-même.

Il se rend sur le site Web des Bakugan et consulte le classement des joueurs.

– Je remontc… Ah! 117e!

Runo lève les yeux au ciel.

– Pitié, un peu de sérieux! Économise ta salive pour le jour où tu seras dans les dix premiers, Daniel!

– Ouais, bien sûr! Parce que tu y es, toi? réplique Dan. Tu n'es même pas classée!

Il lui tire la langue. Runo hoche la tête.

– Ah, ça, c'est vraiment mature, hein!

– Daniel, mais c'est à faire rêver! interrompt Julie, de sa voix enjouée. 117e! Tu es monté de quatre points en une seule journée!

Marucho replace ses lunettes.

– Dan, puis-je te suggérer de prendre exemple sur Shun? dit-il d'une voix nerveuse. Il est classé numéro un, mais dans quelques années, tu pourrais le surpasser.

Alice se rembrunit.

– Dans quelques années? Il y a sûrement un moyen que, toi, tu lui lances un défi à relever, tu ne crois pas?

– Je parie que je le vaincrais, ajoute Dan. Je ne veux surtout pas me vanter, mais jamais personne ne m'a battu à ce jeu!

Dan ne regarde plus la caméra. L'idée de Marucho commence à faire son chemin. *Oui, fais attention, Shun. Parce que j'ai bien l'intention de te battre!* dit-il en son for intérieur.

Bien loin de là, Shun est assis sur le perron, devant chez lui, et regarde la lune briller dans le ciel étoilé. Lui aussi pense aux Bakugan.

C'est devenu monotone de défendre mon titre contre ces amateurs, dit-il pour lui-même. Ce qu'il me faut, c'est un adversaire sérieux. Un rival qui comprendrait la puissance qui se trouve dans la dimension Vestroia...

La dimension Vestroia.

Dan et ses amis ne savent à peu près rien de la dimension Vestroia. Ils savent que les cartes Bakugan ont été créées dans cet univers parallèle et que les créatures des Bakugan y vivent en toute liberté.

Entouré de tourbillons de flammes jaunes et rouges, un Dragonoïde rouge regarde avec intérêt ce qui se passe sur la Terre. C'est Drago. Ses yeux verts brillent. Il a de grandes ailes brunes sur le dos et son corps est recouvert d'écailles rouges.

Si seulement l'être humain prénommé Dan pouvait comprendre que Bakugan est plus qu'un simple jeu! pense Drago. *S'il savait qu'un combat encore plus important se déroule dans mon univers, Vestroia. Un univers qui puise son énergie dans six mondes, représentant six éléments bien différents.*

L'élément Terre, Subterra.

L'élément Lumière, Haos.
L'élément Ténèbres, Darkus.
Aquos, ou ce que les humains appelleraient l'élément Eau.
L'élément Vent, Ventus. Et l'élément Feu, Pyrus.

Les pensées de Drago sont interrompues par l'apparition d'un Dragonoïde d'un gris argenté dans l'espace de Pyrus.

— Naga, attends! lui crie Drago.

Le Dragonoïde bat furieusement des ailes.

— Ôte-toi de mon chemin, Drago!

— Pourquoi t'entêtes-tu tant à vouloir posséder toute cette puissance, Naga? demande Drago. Tu sais qu'elle te mènera à ta destruction définitive.

— Silence! s'écrie Naga. Tu n'as aucune idée de ce que nous ressentons. Tu n'as aucune idée de notre monde!

— Je suppose que c'est toi qui te caches derrière l'humain prénommé Michael, dit Drago. Ce que j'aimerais savoir, c'est où tu l'as trouvé.

Naga éclate de rire. Il montre à Drago sa large pince, qui tient une carte Bakugan et lui demande :

— Sais-tu ce que c'est?

Avant même que Drago puisse répondre, Naga lance la carte devant lui. La carte se met à grossir, et ses couleurs commencent à tourbillonner.

— Un portail! s'écrie Drago.

— Oui! Et il mène à la source de la puissance! s'exclame Naga.

Il plonge dans la carte dans un tunnel formé de lumière.

— Mais où est-elle située? demande Drago.

– Dans la dimension Vestroia! s'exclame Naga avant d'être englouti par le portail.

CHAPITRE 4

UNE SOURCE DE PUISSANCE!

Ce matin-là, Dan se rend très tôt à l'école. En marchant, il réfléchit à une stratégie pour vaincre Shun.

Mais Shuji a d'autres plans pour lui. La grosse brute l'attend sur le trottoir et l'empêche de passer. Akira se tient derrière lui.

— Je veux ma revanche, annonce Shuji.

— Ah, je t'en prie! Tu aimes te faire battre? demande Dan.

— Oh là, ça suffit! réplique Shuji. Ou on s'affronte, ou j'utilise mes poings pour te convaincre!

Derrière lui, Akira brandit le poing.

— Ouais!

Dan n'a pas peur du tout et il ne refuse jamais une occasion de combattre. Shuji et lui s'emparent de leur première carte.

— Bakugan, Domaine, ouvre-toi! crient-ils en même temps.

Les deux cartes forment un champ de bataille entre les garçons. Shuji brandit une balle Bakugan noir et mauve.

— C'est parti! Au combat! crie-t-il en lançant sa créature.

La balle atterrit au centre de la carte Portail qui avait été lancée par Shuji et commence à briller d'un éclat mauve.

– Bakugan, transformation! ordonne Shuji.

La lumière explose, et une créature gigantesque fait son apparition sur le terrain. Elle ressemble à une tortue portant une carapace noir et mauve hérissée de piquants mauves. Elle ouvre sa large gueule et laisse échapper un terrible rugissement.

– Oh non! hurle Dan.

La créature vient de la planète Darkus, et ces créatures sont reconnues pour leur puissance destructrice. Dan en a déjà entendu parler, mais il n'en a jamais affronté une.

– Comment est-ce que tu as pu mettre la main sur une créature Darkus? demande-t-il.

– Attends que je t'explique, répond Shuji. Tu devrais m'appeler Maître de Darkus!

– Ah, tu te fiches de moi! réplique Dan. S'il y a un nom qui te va comme un gant, c'est celui de perdant!

Shuji tape furieusement du pied.

– Arrête de m'énerver, sale petit blanc-bec! Alors, tu te décides ou quoi?

– Oui, oui. Donne-moi une minute, tu veux? demande Dan.

Il manipule distraitement ses trois balles Bakugan en réfléchissant : *Alors, avec quoi je contre-attaque? Une grosse bête ou une petite? J'ai trouvé!*

Il lance l'une des trois balles sur le terrain.

– Bakugan, au combat! s'écrie-t-il.

La balle rebondit par-dessus la carte Portail où se trouve la créature Darkus de Shuji et atterrit sur la première carte, celle que Dan avait lancée. Dan espère que Shuji ne possède pas un autre Darkus. Cela lui éviterait d'avoir à combattre la tortue géante.

– Bakugan, transformation! crie Dan.

Sa balle se métamorphose pour devenir son Saurus de Pyrus.

– Je t'en prie, tu n'es pas sérieux? se moque Shuji. C'est tout? C'est tout ce que tu as?

– Hé! On ne t'a jamais dit que la taille n'a aucune importance? réplique Dan.

– C'est fini mon vieux! lui dit Shuji. Bakugan, au combat!

Il lance sa seconde créature, qui atterrit juste devant le Saurus de Dan.

– Stingslash Darkus, transformation! hurle Shuji.

La balle s'ouvre, et une créature qui ressemble à un gros scorpion noir et mauve à visage humain apparaît. Au bout de sa longue queue se dresse un dard pointu.

Horrifié par cette créature qui semble sortie de l'Enfer, Dan pousse un cri.

– Niveau de puissance Stingslash Darkus : 330 G, annonce le Baku-pod.

– Niveau de puissance Saurus : 280 G.

Le Stingslash frappe le Saurus avec sa queue pendant que celui-ci tente de le repousser.

Il faut que j'augmente ma puissance, se dit Dan, conscient de son infériorité. Alors il crie :

– Bakugan, carte Portail, ouvre-toi!

La carte se retourne du côté Holo-Sector.

– Saurus, niveau de puissance haussé à 310 G, dit le Baku-pod.

Incroyable, ce n'est pas suffisant, pense Dan. *Si je ne trouve pas tout de suite un moyen d'augmenter sa puissance d'au moins 20 G, mon Saurus n'a aucune chance!*

Mais le tour de Dan est terminé; il ne peut plus rien faire. Le Stingslash rugit et frappe son adversaire avec sa queue. Le Saurus vole dans les airs et revient dans sa balle Bakugan.

Shuji éclate de rire.

– Alors, quel effet ça fait de se faire battre par un vrai pro?

Mais Dan affiche un sourire confiant.

– Hé! Cette bagarre est loin d'être terminée!

Pendant que Dan et Shuji combattent, Naga émerge du portail dans Vestroia. Cette nouvelle dimension est emplie d'une lumière violette.

– Ça y est! J'ai enfin atteint le centre de l'univers! s'exclame Naga d'une voix triomphante.

Le Dragonoïde voit devant lui deux sphères brillantes : un globe d'un jaune doré, et un autre, plus gros, qui est bleu pâle et qui bat d'une énergie intérieure.

– Les voilà, les deux forces en opposition. L'infini et le silence, murmure Naga. Elles maintiennent l'équilibre dans cette dimension. Si j'arrive à absorber ces deux énergies, je ne ferai plus qu'un avec Hal-G et ensemble nous pourrons conquérir la Terre et Vestroia!

Naga s'approche des globes et est illuminé par leur rayonnement.

– La puissance! Sentez cette puissance grandiose!

Des arcs de lumière de toutes les couleurs surgissent des globes et transpercent le corps de Naga.

– Excellent! La puissance! La puissance infinie qui s'accumule en moi! hurle-t-il.

Mais la puissance devient soudainement très intense, et Naga devine que quelque chose ne va pas. Les arcs de lumière commencent à l'attirer vers le gros globe bleu, et Naga est incapable de résister à la force d'attraction.

– Non! Mais qu'est-ce qui se passe? Une surcharge d'énergie négative. Je ne peux plus maintenir l'équilibre; c'est trop! C'est trop! Noooooooooon!

Naga est avalé par le globe bleu et son cri est étouffé. Le globe tourne rapidement sur lui-même et envoie de fortes impulsions d'énergie dans les six mondes de Vestroia.

Dans le monde de Pyrus, Drago peut sentir l'énergie qui l'attire. Il bat des ailes et tente d'y résister.

C'est à ce moment qu'une créature noire et mauve entre dans l'espace Pyrus et passe tout près de Drago.

Mais, qu'est-ce qu'un Bakugan Darkus vient faire dans l'espace Pyrus? se demande Drago. *C'est Naga, j'en suis convaincu!*

La créature de Darkus a de longues pattes qui se terminent

par des pinces géantes et un air sinistre. Elle se retourne, se jette sur Drago, et le frappe violemment. Sous la force de l'impact, les murs de l'espace Pyrus sont ébranlés.

Pendant ce temps, sur le champ de bataille, Dan et Shuji lancent chacun un nouveau Bakugan. Shuji se sert encore une fois de son Stingslash, tandis que Dan utilise son Serpenoïde de Pyrus. Les deux créatures se font face sur le terrain, prêtes pour le combat.

Mais soudain, le Serpenoïde de Dan commence à cracher d'immenses flammes, et un brasier apparaît dans le ciel. Shuji n'a rien remarqué, mais Dan, stupéfait, ne peut détacher son regard du spectacle. Il semble apercevoir, au travers des flammes, deux Bakugan qui s'affrontent : un Dragonoïde de Pyrus et une étrange créature de Darkus.

On dirait qu'une autre dimension fournit à mon Bakugan encore plus de puissance en plein milieu du combat, croit comprendre Dan. *Pourquoi mon Bakugan crache-t-il de plus grosses flammes? Je n'ai jamais vu ça auparavant.*

CHAPITRE 5

UNE CARTE SE TRANSFORME

Les flammes qui brillaient dans le ciel disparaissent d'un seul coup. Dan secoue la tête.

– Ça, c'était vraiment étrange, dit-il.

– Allez, finissons-en, s'impatiente Shuji. Mettons fin à ce combat. Stingslash Darkus, au combat!

Le Stingslash replie sa queue et se prépare à frapper, mais avant même qu'il puisse agir, le Serpenoïde enroule son corps autour de la queue de son adversaire pour l'immobiliser. Shuji n'en revient pas de voir son Bakugan attaqué.

– Hé, Shuji! Serais-tu à court d'insultes? Tu crains que ton ridicule Stingslash résiste mal à la pression? se moque Dan. Carte Commandement activée : le quatuor de combat, maintenant!

La carte Portail de Dan se retourne, et Shuji voit qu'il s'agit d'une carte Commandement. Dan se met à rire. Une carte Commandement contient des directives que tous les joueurs doivent respecter. Cette carte permet à Dan d'envoyer d'autres Bakugan au combat.

– Prépare-toi, Shuji, j'ai invité des renforts Bakugan à notre petite fête, prévient Dan.

Mais au moment où Dan s'apprête à lancer d'autres Bakugan, il remarque que la dernière carte qu'il tient en main émet une étrange lueur. Le côté Holo-Sector de la carte devient tout blanc, puis de nouvelles directives apparaissent.

– Mais... Ma carte Maîtrise... Elle se transforme! crie Dan.

Il voit, ébahi, une sphère rayonnante surgir de sa carte. À l'autre bout du terrain, du côté de Shuji, la même chose se produit.

La sphère de Dan se transforme en une balle Bakugan de Pyrus et atterrit sur le terrain. Celle de Shuji devient une balle de Darkus et atterrit juste à côté de celle de Dan.

Dan regarde sa carte Maîtrise. Elle est devenue une carte Personnage, et Dan y voit l'image d'une créature de Pyrus qui ressemble à un dragon ailé entièrement rouge.

Oooh! On dirait une carte Dragonoïde, se dit Dan.

Sur le terrain, la situation est encore plus étrange. Les deux balles se sont ouvertes et transformées. Celle de Dan est devenue le Dragonoïde de la carte, tandis que celle de Shuji est devenue une créature de Darkus.

– Oooh! Ça alors, ce sont les mêmes bêtes que j'ai vues dans ma vision! s'exclame Dan.

Les deux créatures se jettent l'une sur l'autre et s'engagent dans un violent combat. Elles sont projetées dans les airs.

– Tu dois te ressaisir! dit Drago.

Dan regarde autour de lui. Ce n'était pourtant pas la voix de Shuji.

– Qui a dit ça? dit-il en jetant un regard vers le Dragonoïde. C'était toi?

– Allons, Fear Ripper. Ressaisis-toi, dit Drago à la créature de Darkus.

– Les énergies négatives du Noyau du silence ont pris le dessus sur ta raison!

Dan n'arrive pas à y croire. Vient-il d'entendre le Bakugan parler?

Mes oreilles ont bien compris. Je n'ai pas rêvé! se dit-il.

Les énormes pinces du Fear Ripper s'enfoncent dans les ailes de Drago.

Sa puissance augmente encore! se dit Drago.

Il ne souhaite pas se battre contre le Fear Ripper, mais ce dernier ne lui laisse pas le choix.

– Drago, puissance 10! hurle Drago.

Sa gueule s'ouvre et une énorme boule de feu en jaillit. Elle enveloppe le Fear Ripper et le met hors de combat. Drago a gagné. Le terrain de combat disparaît. Shuji s'assoit sur le sol, complètement abattu.

Akira va le voir.

– Est-ce que tu vas bien, grand frère?

– J'ai encore perdu! se lamente Shuji.

Dan fixe le Bakugan qu'il tient dans sa main.

Je n'y comprends rien. Je croyais que Bakugan n'était qu'un jeu. Mais on dirait que c'est bien plus. Je dois découvrir ce qui se cache derrière tout ça.

CHAPITRE 6

DAN ENTEND DES VOIX

Ce soir-là, Dan est assis au bord de son lit et tient la balle de Drago dans sa main.

– Très bien. Si tu es là-dedans, parle-moi. Tu sais que j'irai au fond de cette histoire, dit-il.

Il attend, mais rien ne se passe. Dan soupire.

– Ah, bon sang. Tout ça est ridicule. Ce n'est qu'une pièce de jeu, dit-il, résigné. Pourtant, j'ai bien entendu. Enfin, je crois que je l'ai entendu parler. Est-ce que j'ai rêvé?

Dan secoue la tête et dit :

– Eh bien, dis donc… Je dois commencer à perdre l'esprit, moi.

Puis il sourit.

– Mais pourtant… j'ai bien l'impression de l'avoir entendu. Si tu es vraiment un Dragonoïde, je vais t'appeler « Drago ». Super! C'est ton nouveau nom, mon vieux. J'espère que tu l'aimes! Bon, allons faire un tour sur le Net. Bonne nuit, Drago!

Dan allume son ordinateur. Ses meilleurs amis sont déjà là, et Marucho sourit en apercevant Dan.

— Dan, tu es là! dit-il d'un ton joyeux.

— Salut les gars! répond Dan. Vous n'allez certainement pas le croire, mais je me bagarrais avec un gars qui s'appelle Shuji quand j'ai cru entendre mon Bakugan parler.

— Non, c'est vrai? Toi aussi? demande Runo.

Dan ne comprend pas.

— Qu'est-ce que tu veux dire, Runo? Quelqu'un d'autre les a entendus parler aussi?

— Tu devrais aller voir sur le site Bakugan, sur le Net, répond Julie. C'est le sujet de l'heure, tout le monde en parle, Dan.

Dan s'empresse d'aller consulter le site. Il n'en croit pas ses yeux. Des enfants de partout dans le monde racontent que leur Bakugan leur a parlé.

Il n'est pas fou; il n'entendait pas des voix.

— Je ne rêvais pas! s'exclame Dan. Peut-être que le monde des Bakugan a plus à offrir qu'on ne le croyait?

CHAPITRE 7

MASCARADE

L e lendemain matin, Runo se rend à l'école en emportant avec elle son Bakugan jaune et blanc de Haos.

– Ah, ça m'énerve! dit-elle, irritée. Pourquoi le stupide Bakugan de Dan peut parler, et pas toi?

Ce matin-là, elle porte un chandail jaune, une jupe blanche et des gants bruns aux doigts coupés. Elle traverse un terrain de jeu et s'arrête devant la cage à grimper. Elle tente de faire réagir sa balle Bakugan en la frappant du doigt.

– Oh, je t'en prie! Si tu es à l'intérieur, dis quelque chose! supplie Runo. Je t'en supplie, sois gentil!

Mais la balle reste muette. Runo n'a plus envie d'être gentille.

– Dis quelque chose! lui ordonne-t-elle.

Tout à coup, un vent violent balaie le terrain de jeu. Les balançoires commencent à se balancer toutes seules. Runo se retourne et aperçoit quelqu'un. La personne est de dos. Elle porte une longue veste blanche.

– Mais d'où viens-tu, toi? demande Runo.

L'autre ne répond pas et se contente de sortir une carte

Portail.

– Un combattant Bakugan! s'exclame Runo. Viens-tu me lancer un défi et te battre? Parce que si c'est le cas, je t'attendais avec impatience pour faire la fête!

Runo sort, elle aussi, ses cartes Portail de son sac et les brandit.

– Je n'ai pas saisi ton nom…

– Je ne te l'ai jamais dit, réplique son adversaire. Mais tu peux m'appeler Mascarade.

Mascarade tourne légèrement la tête, et Runo peut voir ses cheveux blonds ondulés et le masque qui dissimule tout son visage.

Sans prononcer un mot de plus, Runo et Mascarade lancent leurs cartes Portail. Les balançoires s'immobilisent brusquement. Le temps semble suspendu, et tout est au ralenti autour d'eux. Le terrain de combat prend forme.

Soudain, le ciel s'assombrit. Une bête surgit des ténèbres; elle a un crâne lisse et des yeux rouges très brillants. La créature a, sur la tête, deux longues cornes noir et mauve. Elle déploie ses grandes ailes noires et a une faux dans les mains – une lame courbée et effilée au bout d'un long manche.

La créature fonce droit sur Runo, qui se met à hurler.

CHAPITRE 8

DRAGO SE FAIT ENTENDRE

Quand Dan arrive à l'école, ses camarades se rassemblent autour de lui. Le pied posé sur le bureau devant lui, Dan tient la balle de Drago. Il a l'impression d'être une star.

– Dan, je veux voir, dit un garçon plus petit que Dan.

– Ça, c'est trop cool! C'est celui dont tout le monde parle sur le Net! déclare un garçon aux cheveux bleus.

Dan brandit fièrement la balle de Drago.

– *Ta dam!* Régalez-vous! Voici le seul et unique Drago, les gars!

– Est-ce que c'est celui qui parle? demande le petit garçon.

– Hé, Dan! Fais-lui dire quelque chose! s'exclame le garçon aux cheveux bleus.

Une fille de la classe frissonne d'excitation.

– Ça me rend jalouse! Le mien n'a pas encore parlé.

Le garçon aux cheveux bleus s'approche de Dan.

– À moins que tu n'aies fait qu'inventer toute cette histoire, Daniel?

— Je vous prouverai à tous que c'est vrai! affirme Dan.
L'excitation est à son comble.

— Oui, montre-nous, Dan!

— Vas-y!

— Fais voir!

— D'accord, d'accord. Je vais vous montrer, dit Dan.
Il regarde la balle dans sa main.

— Tu es prêt, Drago? Le rideau se lève! Bakugan, transformation!

Il ne se passe rien.

— Peut-être qu'il est... cassé? se moque le garçon aux cheveux bleus.

Affolé, Dan se retourne. Il murmure à son Bakugan :

— Allons donc, Drago. Dis quelque chose! Bakugan, transformation!

Toujours rien. Dan essaie encore et encore.

— Bakugan, transformation! Transfo... TRANSFO...

Mais la balle ne se transforme pas. Les camarades de Dan commencent à se désintéresser de l'affaire.

— T'as fini de m'humilier, Drago? murmure Dan.

— Eh, Dan. Oublie Drago, dit le garçon aux cheveux bleus. Je me demandais si tu t'étais souvenu de faire tes devoirs.

— Ouais, parce que si tu as oublié, Mme Purdy va te le faire regretter! fait remarquer le petit garçon.

— Ah non! gémit Dan. J'ai oublié! Ce que je suis bête!

Il dépose la balle de Drago sur son bureau et se met à supplier les autres élèves.

— Aidez-moi, sinon ce sera la retenue à vie. Je peux copier

tes notes? S'il te plaît… Aidez-moi, je vous en supplie!

La balle de Drago émet un petit ricanement, mais Dan ne l'entend pas.

Quel humain pathétique! se dit Drago. *S'il s'imagine que je ne sers qu'à son amusement personnel, il commet une grave erreur. J'ai une mission bien plus importante : empêcher la destruction de Vestroia.*

Drago essaie de sortir de la balle Bakugan.

– Il y a trop de résistance. Je dois rassembler mes forces!

Drago rassemble toute son énergie et réussit à faire rouler la balle doucement sur le bureau.

À cet instant, Mme Purdy entre dans la classe. Ses lunettes et ses cheveux noirs attachés en un chignon serré lui donnent un air sévère.

– Les enfants, n'avez-vous pas entendu la sonnerie? grogne-t-elle.

Tous les enfants se précipitent vers leur pupitre en criant. L'un d'entre eux percute le bureau de Dan, ce qui fait rouler la balle de Drago sur le sol!

Je dois éviter de me faire écraser! se dit Drago.

Sans s'en rendre compte, les enfants donnent des coups de pied sur la balle, qui est projetée aux quatre coins de la pièce, comme dans une machine à boules. C'est alors que Dan l'aperçoit.

– Drago!

Il s'élance pour l'attraper.

– Arrête, Drago pitié!

– J'essaie! hurle Drago, mais personne ne l'entend à cause

des cris des élèves. Fais vite, attrape-moi! Je vais être malade.

La balle de Drago continue à rouler et s'arrête enfin, juste aux pieds de Mme Purdy, qui la ramasse.

– Qui s'est permis d'apporter des billes dans ma salle de cours? demande-t-elle.

Elle relève la tête et aperçoit Dan, qui a l'air affolé. Daniel! Je veux te voir après la classe.

– Oui, madame, répond rapidement Dan. Il reprend sa balle et va s'asseoir à sa place.

Comment me suis-je mis dans une telle situation? se demande Drago.

Une fois la situation revenue à la normale, Dan range Drago dans son pupitre, et Mme Purdy commence sa leçon de mathématiques. Pendant qu'elle parle, Drago réfléchit.

Je dois trouver un moyen de me déplacer librement dans cette dimension. Mais je dois faire vite, car Vestroia est en danger. Naga prépare sa destruction, et je dois l'en empêcher. Mais d'abord, je dois le retrouver…

Dan a de la difficulté à se concentrer. Il décide de sortir Drago de son pupitre et utilise son livre de mathématiques comme écran pour se cacher. Il commence ensuite à nettoyer la balle avec une brosse à dents.

– Ah, vraiment! Tout ce roulement sur le parquet, ça ne t'a pas trop secoué, mon vieux, dit Dan. Tiens, voilà que tu commences à retrouver une certaine allure. Tu reluis de partout! Je parie que tu voudrais que je te dorlote toute la journée. Et si tu voulais me parler un peu, je le ferais peut-être.

Drago n'en peut plus.

– Cesse de me frotter, humain! Je ne suis pas ton jouet! hurle Drago.

– Oh, bon sang! Tu m'as fait une sacrée peur! crie Dan qui se lève d'un bond. Mais j'en étais sûr, Drago, tu parles! Écoutez les amis! Il sait parler. Mon Drago vient de me parler, vous l'avez entendu?

Mme Purdy le fixe de l'autre bout de la classe.

– Daniel, ça suffit maintenant, lance-t-elle. Est-ce que tu entends ma douce voix? Réponds, jeune homme.

– Oui, Madame Purdy, répond Daniel.

– Alors, je veux que tu m'écoutes très attentivement, lui dit Mme Purdy. RETENUE POUR LE RESTE DU SEMESTRE!

– Noooon! gémit Dan.

CHAPITRE 9

DAN LANCE UN DÉFI

Une fois chez lui, Dan s'assoit à son bureau et jette un regard méchant à Drago, caché dans sa balle Bakugan.

— Tout ce que tu avais à faire, c'était de parler, se plaint Dan. Ah vraiment! Je me demande si tous les combattants Bakugan ont un Bakugan aussi borné que toi!

Il allume son ordinateur.

— D'accord, nous y voilà.

Ses amis commencent à apparaître à l'écran.

— Hé, salut les copains! Ça va?

Le visage furieux de Runo envahit tout l'écran de Dan.

— Bon, enfin! dit-elle d'une voix furieuse.

Son ton est si agressif que Dan en tombe de sa chaise.

— Aïe!

— J'espère que tu réalises que c'est ta faute si j'ai perdu un combat Bakugan aujourd'hui? s'exclame Runo.

— Ça va, Runo. Fiche-moi la paix, tu veux? dit Dan en se rassoyant. Et puis d'abord, de quoi tu parles?

— Ce type, Mascarade, s'est pointé et il m'a totalement

dominée! explique Runo, un peu plus calme.

Le visage de Runo devient plus petit et les autres amis de Dan apparaissent à l'écran.

— Ce type a gagné des combats partout dans le monde, Dan, explique Marucho.

— Ça, c'est sans compter tous les sites de clavardage où les jeunes vantent sans arrêt les talents de Mascarade, ajoute Alice.

— Alors, qu'est-ce qu'il sait faire? demande Dan.

Julie prend la parole.

— Il a gagné chacun des combats qu'il a engagé, et partout où il passe, les jeunes perdent leurs Bakugan contre lui. C'est vraiment du sérieux!

— Et dis-moi, Runo, est-ce qu'il t'a pris les tiens? demande Dan.

Runo se rembrunit.

— Oui. Mon précieux Terrorclaw s'est envolé pour toujours, répond Runo, au bord des larmes.

Marucho semble inquiet.

— On doit absolument faire quelque chose.

— Pas de problème, les copains. Vous pouvez compter sur moi, dit Dan avec confiance. Si cet idiot s'approche trop près de moi et provoque une bagarre, je récupérerai les Bakugan de tout le monde, y compris ton Terrorclaw, Runo. Cette brute masquée va y passer!

— Super! s'exclame Runo.

Dan se lève et déclare :

— Ça m'est bien égal que ce Mascarade soit doué! J'ai bien

envie de mettre mon Bakugan en jeu et de lui en faire voir un peu!

Ses amis en ont le souffle coupé. Ferait-il vraiment cela pour eux?

– Et si tu perdais, toi aussi? s'inquiète Julie.

– Mais… je vais gagner! dit Dan en bégayant.

Il n'avait pas vraiment envisagé cette possibilité.

– Est-ce que tu as vu son classement? demande Runo.

Évidemment, Marucho est au courant.

– Oui, la dernière mise à jour sur le Net annonce qu'il est numéro un!

– Non! Marucho! C'est une plaisanterie? demande Dan, ébranlé. Ce n'est pas possible, ça! Le meilleur combattant d'élite Bakugan au monde ne serait plus Shun! Ça ne me dit rien qui vaille. Il faut que j'arrange tout ça!

Dan brandit le poing.

– Peu importe le danger, peu importe les risques, peu importe l'ennemi : je vais marcher au combat avec la tête bien haute, et je reviendrai victorieux! Telle est ma quête, suivre l'étoile…

Alice l'interrompt :

– Euh, Dan?

– Quoi encore? hurle Dan dont le petit discours l'a gonflé à bloc.

– J'ai une question. Comment vas-tu lancer ton défi à Mascarade si tu ignores l'endroit où il se cache? demande Alice.

– Eh bien… répond Dan, hésitant. Oui, enfin… C'est une

excellente question.

Dan dit au revoir à ses amis. Quelques minutes plus tard, il regarde fixement sa Webcam. Il doit lancer un défi à Mascarade. Il espère seulement que celui-ci l'acceptera.

Dan fait un drôle de sourire à l'intention de la caméra.

– Hé! Mascarade! C'est Daniel, ici. Ça te dirait, une petite bagarre?

Dan secoue la tête :

– Oh, bon sang. C'est nul! Et si j'essayais ça : Hé, Mascarade! J'en ai plus qu'assez que tu intimides les combattants, alors je vais t'en faire voir. Ça, c'est si tu as assez de courage pour relever mon petit défi! Alors, tu vas te battre ou tu vas continuer à te cacher derrière ton stupide petit masque ridicule? Tes Bakugan seront à moi, tu m'as bien compris? Je m'appelle Dan et je te défie de venir te battre! C'est moi, le nouveau numéro un en ville!

La balle de Drago s'ouvre, et celui-ci apparaît sous sa forme de Dragonoïde.

– Fais-moi rire! dit-il à Dan.

– Tais-toi! Tu ne vois pas que je suis en train de bluffer? C'est du cinéma, Drago, explique Dan. Je veux qu'il sorte de l'ombre pour venir m'affronter. Oh, mais tu viens de parler, Drago!

– Écoute-moi bien, humain, dit calmement Drago. Je ne suis pas un jouet. Dans ta dimension, tu ne vois en moi qu'une babiole qui te fait vivre des combats pour ton seul plaisir. Mais dis-moi : est-ce que ceci n'est qu'un jeu, pour toi?

– Hé, ho! répond Dan en agitant les mains. C'est le meilleur jeu que j'ai vu de ma vie! J'adore chaque élément du jeu de Bakugan! Ça me fait sentir bien vivant, et aux commandes. Mais en plus, mon ami, j'adore gagner!

Drago ne répond pas.

– Il y a un problème, Drago? Essaies-tu de me dire que tu détestes les combats? demande Dan. Ça alors, moi qui croyais que tu avais été programmé pour ça... Je ne suis pas sûr de saisir.

Drago se réfugie obstinément dans sa balle.

– Bakugan est beaucoup plus qu'un jeu! déclare-t-il.

Dan n'y comprend rien. Il pensait seulement que Mascarade était un type déchaîné et que quelqu'un devait l'arrêter. Il se tourne de nouveau vers la caméra.

– Hé! Mascarade! Je sais que tu es là. Alors si tu écoutes, que dirais-tu de montrer ton visage et de venir te battre? Le vainqueur garde tout, le perdant repart les mains vides.

– Mais je dois te prévenir que je suis doué, poursuit Dan. Et mon Dragonoïde et moi, on fera exploser ta grosse tête! Personne ne brutalise les combattants sans devoir payer ensuite! Alors voici ce que je te propose, mon vieux : demain, après l'école, juste sous le pont de chemin de fer de l'avenue Tavernier. Ça va se passer à cet endroit. Et tu ferais mieux de t'y pointer, sale minus! Est-ce que je me fais bien comprendre, Mascarade?

Dan éteint son ordinateur. Le défi est lancé.

Il espère seulement que Mascarade mordra à l'hameçon.

CHAPITRE 10

DRAGO SE REBELLE

Dan dévale les rues de la ville et bouscule tout le monde sur son passage en lançant :

– Allez, allez! Laissez-moi passer! Poussez-vous, mais poussez-vous! Ça va être génial! Je me sens en super forme, il n'aura aucune chance! dit Dan en courant. On y va! Au combat! J'espère qu'il viendra.

Dan fait un virage et aperçoit le pont, un peu plus loin devant lui. Quelqu'un l'attend, debout sous le pont.

Dan s'arrête subitement.

– Non, pas toi!

Ce n'est pas Mascarade.

Shuji se tourne vers Dan avec un sourire malveillant. Akira, qui était caché derrière lui, se montre.

– Salut Dan! Ça fait un bail qu'on t'attend, dit Akira.

– Quel dommage que ton copain Mascarade ne soit pas venu! se moque Shuji.

Dan est furieux.

– Pas encore vous deux! aboie-t-il. Je n'ai pas le temps pour ça, alors allez donc jouer ailleurs.

Mais Shuji ne bronche pas.

– Tu m'en dois une, réplique-t-il rageusement. Je veux ma revanche. Alors, fais voir tes cartes et mets-toi en position tout de suite, minus!

Shuji sort une carte Portail et la brandit dans les airs.

– T'es prêt ou quoi?

Dan soupire.

– Fiche-moi la paix. Tu me fais perdre mon temps, dit-il. Bon, ça va, d'accord. Puisqu'il faut en finir...

Il sort une carte Portail de sa poche.

– Tu veux que je te pulvérise? Tu vas être servi!

– Ouais! se réjouit Shuji.

Les deux garçons lancent leur carte.

– Bakugan, Domaine, ouvre-toi!

Le début du combat ne réserve pas de surprise à Dan. Shuji ne s'est pas transformé en combattant d'élite depuis la veille. Dan élimine rapidement son Robotallian et son Gargonoïde.

Il sent qu'il va gagner le combat bientôt. Son Serpenoïde de Pyrus est sur le terrain, prêt au combat. Dan sait que Shuji n'a plus qu'un seul Bakugan : son Falconeer de Ventus.

– Alors, est-ce que tu es prêt à perdre ton Ventus? demande Dan.

– Vas-y! s'écrie Shuji.

Dan s'empare de la balle de Drago et chuchote :

– OK. Drago, finis-le pour moi.

Il lance la balle sur le terrain.

– Au combat!

La balle atterrit juste derrière le Serpenoïde.

– Bakugan, transformation!

Des rayons lumineux rouges balaient le terrain, et Drago revêt sa véritable apparence. Le Dragonoïde ailé domine le Serpenoïde de toute sa taille et bat des ailes.

Shuji a les yeux comme des soucoupes.

– Un Dragonoïde?

Drago se sent enfin libre, ce qui ne lui est pas arrivé depuis longtemps. *Ah! Lorsqu'il me relâche, je peux me déplacer librement dans cette dimension,* comprend-il.

Dan est confiant. Il va enfin éliminer Shuji une bonne fois pour toutes.

– Ça va chauffer, Drago. Maîtrise activée, maintenant! crie Dan.

Dan lance la carte, et un mur de flammes déchaînées se forme autour de Drago.

– Mais mon mur de feu ne peut rien contre une bête dont la spécialité est le vent! dit Drago.

Plutôt que de passer à l'attaque, il reste immobile.

– Drago, qu'est-ce que tu fais? crie Dan. On est au beau milieu d'un combat!

– Je n'obéis pas aux ordres des humains! répond Drago avec fermeté.

Dan n'arrive pas à y croire.

– Quoi? Reviens ici!

Shuji observe ses adversaires qui se disputent. Il rigole. *Ça, c'est l'ouverture dont j'avais justement besoin,* se dit-il.

Il lance une nouvelle balle.

– Bakugan, au combat!

La balle verte atterrit devant le Serpenoïde.

– Bakugan, transformation!

Elle s'ouvre, et un Falconeer de Ventus en émerge. La créature verte a la tête d'un aigle, le corps d'un homme et de grandes ailes.

– Niveau de puissance de Falconner haussé à 300 G, annonce le Baku-pod.

Dan n'est pas inquiet. Il sait que Drago a une puissance de 340 G.

– Je manque peut-être de puissance, mais ton Dragonoïde est inutile puisque mon Falconeer personnifie le vent, lui fait remarquer Shuji. Et pour assurer ma victoire, je vais amplifier sa puissance.

Shuji brandit une carte.

– Carte Maîtrise activée! Saut! Fusion, Ventus et Pyrus!

Un tourbillon de vent entoure le Falconeer, qui survole le mur de feu de Drago. Il semble suspendu dans les airs.

– Il a sauté par-dessus le mur de feu! hurle Dan.

– Le seul moyen de combattre le feu, c'est d'utiliser un petit peu de vent explique Shuji d'un ton confiant. Tu croyais que ton Dragonoïde avait plus de puissance que mon Falconeer? Erreur! Le feu est vaincu par le vent.

– Niveau de puissance de Falconner : 400 G, annonce le Baku-pod.

– Qu'est-ce qu'on fait, Drago? demande Dan.

Le Falconeer s'abat sur Drago et le frappe à la gorge avec ses pinces coupantes. Drago tente de repousser l'attaque.

– Falconeer! Notre combat n'est pas l'un contre l'autre! dit

Drago.

– Je me bats selon mon instinct, Dragonoïde, dit le Falconeer d'une voix sifflante. Il mord ensuite Drago à la gorge.

Drago rugit et riposte, ce qui force la créature de Ventus à atterrir sur ses pattes, devant Drago.

– Reprends tes esprits! lui intime Drago. Tu es motivé par l'énergie négative.

Le Falconeer saute et plonge son bec dans le cou de Drago encore une fois.

– Non, Drago! hurle Dan.

Drago rassemble ses forces.

– Tu ne me laisses pas le choix!

Drago utilise toute son énergie pour refermer le mur de feu autour de lui et de son adversaire. La chaleur accablante des flammes vient étouffer le tourbillon de vent qui entoure le Falconeer. La créature retourne dans sa balle Bakugan, et Shuji la récupère.

– Le mur de feu a dispersé le vent! constate Dan.

Shuji fixe Dan, bouche bée. Le champ de bataille disparaît autour d'eux.

– T'as perdu! se moque Dan.

– Pourquoi tu n'arrêtes pas de m'humilier? pleurniche Shuji.

Akira fonce vers son grand frère.

– C'est pas vrai! Je t'avais dit de ne pas te servir de Falconeer. Mais non! Monsieur le grand frère refusait d'écouter! Et voilà! Regarde ce qui t'arrive, maintenant.

— La ferme, Akira! lance Shuji.

Puis il se sauve par une ouverture dans la clôture.

— Hé! crie Akira à l'intention de son frère.

Shuji se tourne vers Dan.

— À la prochaine, Daniel.

Dan se met à rire.

— Si vous voulez perdre, vous savez où vous pouvez me rejoindre, crie-t-il à l'intention des deux frères.

Dan se penche vers la balle de Drago.

— Hé! Drago! Bravo, mon vieux! T'as gagné! Pour être honnête, j'avoue que j'étais nerveux, tout à l'heure.

Drago ne dit rien.

— Ah! Voilà que tu me refais le coup du silence, dit Dan.

— Très bien, je ne vais pas m'énerver, cette fois. Tu peux…

Dan s'interrompt. Il a entendu des pas – une personne s'approche derrière lui.

Dan se retourne. Le bruit de pas provient de sous le pont. Une voix surgit de l'obscurité.

— Je cherche un certain Dan Kuso.

CHAPITRE 11

ADIEU, SERPENOÏDE!

C'est toi, Mascarade? demande Dan.

Mascarade surgit de l'obscurité. Dan observe son adversaire : une longue veste blanche, un pantalon mauve et une tignasse blonde. Le plus étrange, c'est le masque bleu qui lui couvre les yeux et les joues. On ne voit plus que sa bouche et son nez.

– Alors, tu t'es décidé à venir! Je peux enfin mettre un visage sur ton nom! dit Dan. Eh bien, Mascarade. J'ai su que tu volais les Bakugan de mes copains. Et pourquoi?

– Ha! ha! ha! s'exclame Mascarade.

– Nous avons mis beaucoup de temps à organiser ce jeu, alors jamais je ne laisserai qui que ce soit détruire tout ça! affirme Dan avec conviction. C'est ici que ça s'arrête, Mascarade!

– C'est l'heure du combat maintenant, Dan, dit calmement Mascarade.

Il s'empare d'une carte Portail.

– Tu es prêt?

Dan brandit aussi sa première carte.

– Domaine, ouvre-toi!

Les deux garçons lancent leur carte Portail. Celles-ci se placent bout à bout pour former un champ de bataille entre les adversaires.

– Carte Portail, position! crient-ils en même temps.

– Allons, concentre-toi, pense Dan.

Il ne veut absolument pas perdre ce combat.

Mascarade brandit une autre carte qu'il lance sur le terrain. Elle disparaît dans la lumière blanche qui entoure les cartes Portail.

– À ton tour, annonce Mascarade.

Je me demande bien ce qu'il vient de lancer, se dit Dan. Bon, je vais commencer par ma carte Serpenoïde et sa super puissance.

Dan lance sa balle Bakugan. Elle atterrit exactement là où il le voulait.

– Allez, Serpenoïde! Fais-lui mordre la poussière! crie Dan. Bakugan, transformation!

Le Serpenoïde surgit de sa balle et révèle son corps rouge et orangé. Il siffle en direction de Mascarade.

– Carte Maîtrise, activée! Reaper, transformation! crie Mascarade en lançant son Bakugan.

Quand Dan voit apparaître le Reaper sur le terrain, il pousse un petit cri. La créature de Darkus, cornue et ailée, a vraiment l'air diabolique.

– Niveau de puissance de Reaper : 370 G, annonce le Baku-pod. Niveau de puissance de Serpenoïde : 320 G.

– Carte Portail, ouvre-toi, maintenant! commande Dan.

La carte se retourne, ce qui donne une incroyable hausse

de puissance G au Serpenoïde. D'immenses flammes surgissent autour de la créature de Pyrus et rendent le terrain de combat brûlant.

– Niveau de puissance de Serpenoïde haussé à 620 G, indique le Baku-pod.

Dan se sent très confiant.

– Eh bien, Mascarade! C'est l'heure de me vaincre ou de te retirer. Voyons si tu peux battre ça, mon vieux!

Mascarade s'empare d'une carte.

– Maîtrise, activée. Dimension quatre!

Il agite la carte au-dessus de sa tête. En un instant, les flammes déchaînées qui entouraient le Serpenoïde disparaissent. Tout redevient calme.

– Mais qu'est-ce que c'était? demande Dan.

– Juste une de mes nombreuses forces, explique Mascarade d'une voix calme. C'était une carte Maîtrise appelée Dimension quatre!

– Baisse du niveau de puissance de Serpenoïde à 320 G, annonce le Baku-pod.

Mascarade rit avec arrogance. Son Reaper s'élance sur le terrain en brandissant sa faux au-dessus de sa tête. Il déchire l'espace au-dessus du Serpenoïde.

– Ah! Serpenoïde! hurle Dan.

Il regarde, horrifié, son Serpenoïde disparaître par la brèche. Il a perdu sa créature de Pyrus! *Oh non!* se désole Dan. *Il a fait disparaître mon Serpenoïde!*

CHAPITRE 12

REAPER FAUCHE TOUT
SUR SON PASSAGE

Quelle puissance incroyable! constate Drago.

Reaper redevient une balle Bakugan et bondit dans la main de Mascarade.

La première manche est terminée, mais Dan a encore deux Bakugan pour prendre sa revanche. Il brandit une nouvelle balle Bakugan.

– Bakugan, au combat! crie-t-il.

La balle atterrit sur une carte Portail, sur le terrain.

– Bakugan, transformation!

La balle de Dan devient son Saurus de Pyrus. Mascarade contre-attaque et lance de nouveau son Reaper.

Dan sait que son Saurus n'est pas assez puissant pour battre le Reaper, mais il a un plan.

– Maîtrise activée! Saurus flamboie! hurle-t-il en lançant une carte.

Un cercle de flammes surgit et entoure le Saurus. Des anneaux de chaleur intense apparaissent, et le corps du Saurus, habituellement rouge, est chauffé à blanc.

– Tu as battu ma carte Portail, mais tu ne pourras pas

surpasser la puissance de ma carte Maîtrise! clame Dan avec confiance.

Mais Mascarade n'a pas du tout l'air inquiet. Il brandit une autre carte au-dessus de sa tête.

– Double dimension, activée!

La carte de Mascarade a le pouvoir d'annuler l'effet de la carte Maîtrise de Dan. Encore une fois, les flammes disparaissent autour de la créature de Dan. Toute sa puissance supplémentaire s'est envolée.

– Ah, c'est pas vrai! Il a annulé la puissance de ma carte Maîtrise! se lamente Dan.

Le Reaper fonce sur le terrain et frappe le Saurus. La lumière mauve qui surplombe le terrain se déchire, et le Saurus est aspiré par la faille.

– Ce n'est pas juste! Rends-moi mon Bakugan! hurle Dan.

– Désolé, mais je ne peux pas, dit Mascarade. Une fois la carte Néant jouée, le combat est terminé.

– Carte Néant? demande Dan.

Il se souvient tout à coup de l'étrange carte que Mascarade a lancée au début du combat. Ça ne s'annonce pas bien.

– Oui, Dan. La carte Néant, répond Mascarade. Une fois qu'on la met en jeu, elle domine toutes les autres cartes et envoie les Bakugan vaincus vers une tout autre dimension pour l'éternité.

– Tu veux rire! déclare Dan.

Drago est sous le choc.

– La dimension Néant! di-il. Il a raison, humain. Aucun

Bakugan n'est jamais revenu de la dimension Néant. C'est là que nous trouvons le repos éternel. C'est notre crainte suprême!

Dan s'adresse à Mascarade avec colère :

– C'est comme ça que tu as volé les Bakugan de mes copains? Mais j'ai une question : pourquoi veux-tu détruire notre jeu, Mascarade?

– Dan, Dan, Dan… réplique Mascarade. Qui a dit que ce n'était qu'un jeu? Chacun de ces combats est réel.

Chacun de ces combats est réel. Drago avait dit la même chose.

Dan sent une grande énergie l'envahir. Il ne doit pas perdre. Pas maintenant!

– Carte Portail, position! hurle-t-il en lançant une nouvelle carte sur le terrain.

Puis il s'adresse au dernier Bakugan qu'il tient dans sa main.

– Allons, Drago. C'est notre seule chance d'y arriver!

Dan et Mascarade lancent leur balle sur le terrain. Elles atterrissent l'une face à l'autre et prennent la forme de Reaper et de Drago. Le Dragonoïde ouvre grand sa gueule et plonge vers le Reaper, mais la créature de Darkus l'arrête avec le manche de sa faux et Drago ne réussit qu'à mordre la tige de métal.

– Pourquoi fais-tu tout ça? demande Drago au Reaper. Ne sais-tu pas ce qui se passe à Vestroia?

– Cela ne me concerne pas, répond le Reaper.

– Bien sûr que si! s'exclame Drago.

Le Reaper repousse Drago et essaie de le frapper avec la lame de sa faux. Drago arrive à éviter tous les coups et repousse le Reaper avec ses pattes arrière.

— Je suis un soldat, et dans cette dimension, je suis libre de m'associer avec un humain! dit le Reaper. Ensuite, je pourrai hériter d'une puissance infinie!

— Tu es fou! lui lance Drago, furieux.

Le Reaper utilise ses ailes et s'envole très haut au-dessus de la tête de Drago.

— Ça suffit! Il est temps de t'envoyer dans la dimension Néant, Dragonoïde!

— Tiens bon, Drago! s'écrie Dan.

Avec sa faux, le Reaper taille une brèche dans la lumière mauve qui entoure le terrain.

— Fais un bon voyage! dit-il avec un rire lugubre.

Mais aucun portail vers la dimension Néant n'apparaît. Drago réussit à s'éloigner du Reaper en battant des ailes.

Mascarade est stupéfait.

— Impossible!

CHAPITRE 13

LE COMBAT DÉCISIF

Drago n'est pas encore vaincu. Dan a d'autres tours dans son sac.

— Carte Portail, ouvre-toi! Activer tempête de feu! hurle Dan.

La carte Portail se retourne et une mer de flammes surgit du champ de bataille. Le corps de Drago commence à scintiller sous l'effet de la chaleur, mais le Reaper ne relâche pas la pression et essaie toujours d'envoyer Drago dans la dimension Néant.

Dan s'empare d'une carte.

— Il ne nous reste plus qu'une carte, mon vieux. Il faut y aller!

Dan interrompt son geste. Drago se tord de douleur. La puissance supplémentaire du feu semble nuire à Drago plutôt que de le rendre plus puissant.

— Mais qu'est-ce qui se passe? demande Dan.

— Puissance ultime! hurle Drago, qui semble souffrir le martyre.

Dan n'en revient pas : la carte qu'il tenait dans sa main se réduit en poussière. Au-dessus de lui, le corps de Drago devient de plus en plus blanc sous l'effet de la chaleur intense. Le terrain de combat est couvert d'un grand brasier.

BOUM!

Une explosion de chaleur et de lumière vient détruire le terrain.

— Drago! Drago! Mais où es-tu? s'inquiète Dan.

Le champ de bataille a disparu et tout est redevenu normal. Dan baisse les yeux et aperçoit la balle Bakugan de Drago à ses pieds. Il se penche et la ramasse, soulagé.

— Je l'ai épargné pour toi, lui dit Mascarade.

Dan ne sait plus trop à quoi s'en tenir. Que veut ce type?

— Tu réalises que j'aurais pu capturer ton Bakugan, mais j'ai décidé de te le laisser, poursuit Mascarade. Ça a été une joie, Dan. À bientôt.

Mascarade se retourne et s'éloigne.

— Attends! Je peux te battre, j'en suis sûr! hurle Dan.

Mascarade s'arrête.

— Bakugan est beaucoup plus qu'un jeu, petit, dit-il en riant. Il existe d'autres dimensions et d'autres pouvoirs, Dan. C'est un combat qui peut mener à la destruction totale du monde.

— C'est vrai? demande Dan.

Mascarade hoche la tête.

— Oui. Et le seul moyen d'empêcher ça, c'est de réussir à me vaincre.

— C'est de la folie! s'exclame Dan.

Mascarade éclate de rire et s'éloigne. Il regarde la balle Bakugan du Reaper dans sa main.

– Alors, humain. C'était un Dragonoïde, ça, non? demande le Reaper. Je me demande s'il utilisait toute sa puissance?

– Aucune idée. Mais malheureusement, il ne possédait pas ce que je recherche, répond Mascarade. Mais je me souviendrai du jeune Dan Kuso et de son Bakugan, Drago.

Dan se relève et regarde son adversaire qui s'éloigne.

Il a promis à ses amis qu'il vaincrait Mascarade, mais il a perdu. Il n'a pas réussi à récupérer leurs Bakugan, et deux de ses créatures sont disparues dans la dimension Néant pour toujours!

Dan brandit le poing.

– Tu verras, je te vaincrai, Mascarade!

DAN KUSO

Dan a 12 ans. Il a participé à la création du jeu Bakugan quand les cartes se sont mises à tomber du ciel. Son rêve le plus cher, c'est de devenir le meilleur combattant Bakugan du monde. Il aime combattre à l'aide de Bakugan de Pyrus, qui utilisent le feu pour réchauffer les combats. Tout comme ses Bakugan, Dan a un tempérament flamboyant et aime dénigrer ses adversaires. Il combat avec un Dragonoïde de Pyrus qui s'appelle Drago.

DRAGO/////////////////////////////////

DRAGO EST UN DRAGONOÏDE QUI VIENT DE PYRUS, PLANÈTE SITUÉE DANS UNE DIMENSION PARALLÈLE APPELÉE VESTROIA. IL S'EST RETROUVÉ SUR LA TERRE QUAND UNE BRÈCHE S'EST OUVERTE ENTRE LES DEUX DIMENSIONS. IL EST MAINTENANT LE BAKUGAN DE DAN, MAIS IL REFUSE D'OBÉIR AUX ORDRES DES HUMAINS ET DONNE PARFOIS DU FIL À RETORDRE À DAN. MAIS DAN NE S'EN FORMALISE PAS TROP PARCE QUE DRAGO EST TRÈS PUISSANT!

RUNO MISAKI

Runo est un vrai garçon manqué qui ne craint jamais d'affronter les combattants les plus féroces. Elle a beaucoup d'énergie, mais sur le champ de bataille, elle manque parfois de constance. Elle aime en mettre plein la vue à ses adversaires à l'aide de sa Tigrerra, un Bakugan de Ventus.

TIGRERRA/////////////////////////

LE BAKUGAN DE RUNO RESSEMBLE À UN
TIGRE. C'EST UNE CRÉATURE QUI VIENT DE
VENTUS, CE QUI SIGNIFIE QU'ELLE UTILISE LES
ATTRIBUTS DU VENT. ELLE EST AUSSI RAPIDE ET
PUISSANTE QU'UN OURAGAN.

MARUCHO VIGARO

Marucho n'a que 11 ans, mais il est plus rusé que bien des adultes. Il a une mémoire phénoménale pour tout ce qui touche les Bakugan et s'en sert pour élaborer des stratégies de combat. Mais parfois, les chiffres ne suffisent pas pour gagner un combat; Marucho doit apprendre à faire confiance à son instinct. Il aime se servir de Bakugan d'Aquos, mais il est aussi très fort pour utiliser plus d'un type de Bakugan dans un même combat.

PREYAS ///////////////////////////////

LE BAKUGAN DE MARUCHO A UN POUVOIR INUSITÉE : IL VIENT D'AQUOS, MAIS IL PEUT CHANGER D'ATTRIBUT PENDANT UN COMBAT. CELA CONVIENT TOUT À FAIT À MARUCHO, QUI AIME COMBINER LES ATTRIBUTS.

JULIE MAKIMOTO

La pétillante Julie est un peu fofolle, mais, dans son cas, les apparences sont trompeuses. Au combat, elle se sert d'un Bakugan de Subterra, très terre à terre. Grâce à son style de combat direct, elle anéantit ses adversaires.

GOREM /////////////////////////////////

LE BAKUGAN DE SUBTERRA DE JULIE EST AUSSI ROBUSTE QU'IL EN A L'AIR. SON CORPS EST DUR COMME LE ROC. S'IL SE MET EN COLÈRE, SEULE JULIE PEUT LE CALMER.

SHUN KAZAMI

Shun a aidé Dan à créer les règles des Bakugan. Pourtant, les deux combattants sont comme le jour et la nuit. Dan est extraverti, tandis que Shun est discret. Dan a beaucoup d'amis, tandis que Shun est un solitaire. Dan n'arrive pas à se classer parmi les dix meilleurs combattants du monde, tandis que Shun est presque toujours numéro un. Shun préfère utiliser les attributs de Ventus dans les combats.

SKYRESS////////////////////////////

Le gardien Bakugan de Shun est une Skyress de Ventus, une créature à longue queue se terminant par des plumes aussi tranchantes que des couteaux. Elle peut voir au travers des objets, mais son pouvoir suprême, c'est de renaître de ses cendres après avoir été vaincue sur le champ de bataille.

ALICE GEHABICH

Alice, 14 ans, est attentionnée et gentille. Elle aime donner des conseils aux autres combattants et considère Marucho comme son petit frère. Les autres combattants ne savent pas grand chose sur Alice. Peut-être leur cache-t-elle quelque chose?

SHUJI

Cette brute de Shuji aime provoquer les autres combattants,
surtout Dan. Shuji aime jouer les durs, mais ses aptitudes ne
sont pas à la hauteur. Pourtant, même s'il perd constamment,
il ne cesse de provoquer Dan.

MASCARADE

Ce combattant mystérieux a surgi de nulle part et a commencé à vaincre des combattants Bakugan d'un peu partout. Grâce à sa carte dimension Néant, il peut faire disparaître les Bakugan de ses adversaires pour toujours. Mascarade aime combattre avec son Bakugan de Darkus, qui correspond bien à sa personnalité.

HYDRANOÏDE///////////////

En plus d'un Reaper, Mascarade possède un Hydranoïde de Darkus. Cette combinaison en fait une bête cruelle et sans pitié. Ce Bakugan n'est pas rapide, mais sa puissance est redoutable.

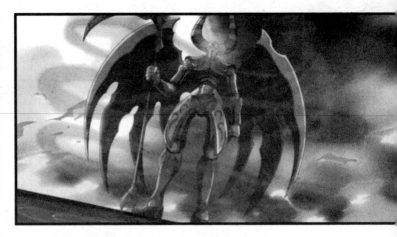

REAPER

Cette créature de Darkus appartient à la catégorie des Reaper.
Ces Bakugan peuvent exploser de fureur. Comme arme, le
Reaper de Mascarade utilise une faux, instrument formé d'une
lame courbée. Avec sa faux, le Reaper peut envoyer les
Bakugan dans les ténèbres pour l'éternité quand Mascarade
utilise sa carte dimension Néant.

ET TOI, COMMENT LANCES-TU?

TON LANCER PEUT DEVENIR CELUI D'UN COMBATTANT D'ÉLITE, ET TU PEUX ATTEINDRE LA GLOIRE! SAISIS TON BAKUGAN^{MC} FAVORI ET LAISSE LE GUERRIER EN TOI S'EXPRIMER : TU VERRAS TON BAKUGAN^{MC} SE TRANSFORMER EN UNE CRÉATURE PUISSANTE ET INCROYABLE! LE COMBAT EST COMMENCÉ! LE DESTIN DE LA GALAXIE DÉPEND DE TOI!